LITERA

Fragmente

3

Herstellung und Verlag:
BoD - Books on Demand, Norderstedt
ISBN 978-3-7448-1819-3

Inhaltsverzeichnis

Nur ein Augenblick

- Frank Siebel -

In diesem Jahr ist der Herbst nicht golden. Er ist kalt und nass. Der September ging noch, aber der Oktober? Seit drei Wochen regnet es und alle trauen sich nur noch mit Wintermänteln auf die Straße. Er fragt sich, wo eigentlich der Klimawandel bleibt, den diese Ökospinner angekündigt haben.

Er hetzt durch die Straßen der Stadt. Ein böiger Wind treibt ihm die Nässe ins Gesicht. Er ist froh den Regenschirm im Wagen gelassen zu haben. Bei diesem Mistwetter ist der sowieso nicht zu gebrauchen. Außerdem hat er nicht vor stundenlang durch die Gegend zu rennen. Nach Feierabend in die Stadt, Wagen ins Cityparkhaus, schnell irgendwo ein Geschenk für Sandra organisieren und dann ab nach Hause. So hat er sich das vorgestellt, so muss das laufen.

„Was bekomme ich denn heute von meinem Schatz zum Geburtstag?", hatte Sandra am Morgen lächelnd gefragt und er hatte auch gelächelt und „Lass dich überraschen", geantwortet, und sie hatte ihn angestrahlt, weil sie auch nach vierzehn Jahren Ehe offenbar immer noch der Meinung ist, dass er sich aus purer Romantik wochenlang darüber den Kopf zerbricht, womit er seiner Liebsten an ihrem Ehrentag eine Freude machen kann.

Aber wie jedes Jahr läuft es auch diesmal auf einen schnellen Einkauf in irgendeinem Schmuckladen oder in einer dieser maßlos überteuerten Parfümerien hinaus. Für was anderes fehlt ihm die Zeit. Er ist ein viel beschäftigter Mann, legt bei der Bank für seine wohlhabenden Klienten jeden Tag Millionen von Euro an. In dem Job darfst du keine Fehler machen. Er muss den Markt analysieren, muss wach sein, muss in Sekunden die richtige Entscheidung treffen. Und das tut er. Deswegen verehren ihn seine Kunden. Er macht sie mit jeder Transaktion noch reicher. Dafür zahlt ihm die Bank jeden Monat ein üppiges – er findet, angemessenes – Gehalt und am Jahresende einen fetten Bonus. Der Preis sind zehn-, zwölf-, manchmal vierzehnstündige Arbeitstage; ganze Wochenenden hat er im Büro verbracht. Doch das ist okay. Es hat ihn erfolgreich, anerkannt und materiell unabhängig gemacht.

Er steht auf der Sonnenseite des Lebens und Sonne ist genau das, was er jetzt braucht. Aber es regnet und regnet und seine ohnehin schlechte Laune ist dabei sich in handfeste Wut zu verwandeln. Sein Mantel, die Hose, die Schuhe - alles durchnässt. Das Haar fühlt sich wie ein großer feuchter Lappen auf seinem Schädel an. Selbst schuld, schießt es ihm durch den Kopf, was heirate ich auch eine, die im Oktober Geburtstag hat.

Er blickt sich um. Menschen eilen mit gesenktem Kopf an ihm vorüber, ein alter Mann trocknet seine Brille an einer überdachten Bushaltestelle mit einem Papiertaschentuch, daneben picken drei grauweiße Tauben mit aufgeweichtem Gefieder irgendeinen weißen Matsch vom Bürgersteig.

Er hat genug. Er will nach Hause. Ihm fällt auf dass er bislang völlig planlos durch die Gegend gerannt ist. Also was jetzt? Parfüm. Er beschließt Parfüm zu kaufen. Sandra mag doch dieses ... Wie hieß das Zeug noch? Irgendwas Französisches: ÈTOILES DES ... Und wie weiter? Oder hieß im letzten Sommer das Hotel in Nizza so? Er kann sich nicht mehr erinnern. Egal, da hinten rechts, die Fußgängerzone durch, ist eine große Parfümerie. Da wird er sicher was finden. Nur teuer muss es ein. Sandra soll ihn nicht für geizig halten. Dazu was Süßes: 'ne Schachtel Pralinen oder so, als Zugabe ein Strauß Blumen und das war 's dann wieder für dieses Jahr.

Plötzlich, der Grund ist ihm völlig schleierhaft, muss er an seine Schwester denken: Rebecca. Sie könnten unterschiedlicher nicht sein. Er ist zielstrebig, hat es im Leben zu was gebracht. Rebecca ist träge und arbeitslos. Das Schulessen ihrer Kinder wird von der Wohlfahrt bezahlt.

Er weiß, er sollte Mitleid haben und helfen, aber weshalb? Jeder ist seines Glückes Schmied, heißt es nicht so?

Obwohl er den Mantel fest geschlossen hat, dringt die schneidende Kälte durch ihn hindurch. Ihm fällt auf, dass er die Hände zu Fäusten geballt hat. Vielleicht, weil er friert, vielleicht, weil ihm grimmig bewusst wird, dass er es genau jetzt Zuhause trocken und warm hätte haben können. Er steckt die Fäuste in die Hosentaschen.

Aber, es nicht mehr weit: hundert-, hundertfünfzig Meter, so ungefähr. Dann ist er am Ziel: Eine von diesen grell beleuchteten Filialen einer großen Parfümeriekette. Er nimmt an, dass er dort am schnellsten fündig wird. Vor einiger Zeit hat ihn Sandra da mal reingeschleppt. Schon im Eingangsbereich umgab ihn ein derart penetrant süßlicher Geruch, dass er Sandra am liebsten aus dem Laden gezerrt hätte. Zwar waren sie nach ein paar Minuten wieder draußen, aber diesen klebrigen Mief hatte er noch eine Stunde später in der Nase.

Zum Glück bevorzugt Sandra dezente Aromen. In dem Laden wird er sich eine Verkäuferin schnappen. Geben Sie mir was Dezentes, wird er sagen, und packen Sie es als Geschenk ein. Der Preis spielt keine Rolle. Und das nicht nur, weil sie ihn nicht für geizig halten soll. Sandra sieht gut aus, hat Humor und weiß sich zu benehmen. Er kann sich mit ihr sehen lassen: in der Oper, auf Reisen, im Job – und wenn sie mit dem Duftwässerchen noch gut riecht, hat er schließlich auch was davon.

Dann sieht er die Frau. Er versteht nicht, warum er sie nicht schon früher bemerkt hat, denn sie bewegt sich nicht. Die Frau steht einfach nur da, rechts von ihm, neben einem Schuhgeschäft. Die Frau ist alt. Das Gesicht ist hager und voller Runzeln, der Rücken gebeugt. Sie trägt einen formlosen grauen Mantel, das Haar ist mit einem weißen, durch den Regen durchscheinendem, Kopftuch verhüllt. Wassertropfen rinnen von ihren Wangen auf den Asphalt. Die Alte hält sich mit einem Krückstock aufrecht, den sie in der linken Hand hält. Der rechte Arm ist leicht ausgestreckt, die Handfläche zeigt nach oben. Beide Hände zittern.

Eine Bettlerin, denkt er. Aus welchen Löchern kommen die eigentlich immer gekrochen? Er geht noch zwei Schritte, drei. Jetzt steht er ihr gegenüber. Ihre Blicke treffen sich. Und nun, genau wie vorhin, als er plötzlich nach langer Zeit wieder an seine Schwester dachte, geschieht etwas, was er sich nicht erklären kann.

Er bleibt stehen. Er sieht in die Augen der Alten. Sie sind braun und völlig ausdruckslos. In ihnen ist kein Leben, keine Hoffnung mehr. Die Menge hastet vorbei, niemand beachtet die einsame Bettlerin, die dort völlig durchnässt im Regen steht.

Und er ist bei ihr und starrt. Er betrachtet das Antlitz dieser gebrochenen Frau und in dieser Sekunde geschieht etwas mit ihm.

Sein Herz rast, der Schweiß bricht ihm aus, er sieht nichts mehr. Alle Geräusche sind mit einem Mal verschwunden und seine Beine scheinen aus weichem Wachs zu bestehen.

Was, zum Teufel, ist das? Ein Kreislaufzusammenbruch, ein Infarkt?

Aber es kommt noch schlimmer: Seine Kehle schnürt sich zu, er kann nicht mehr atmen und hinter seinen Augen beginnt es zu brennen, als hätte dort jemand ein Feuer entfacht.

Der Anblick dieser armen Frau löst etwas in ihm aus. Er fragt sich, vielleicht zum ersten Mal in seinem Leben, ob das alles so richtig ist. Er verdient für seine Kunden ein Vermögen, kann sich selber alles leisten, was man für Geld kaufen kann, und diese Frau ... Steht dort in der Kälte und bettelt um ein Almosen. Aber kein Mensch beachtet sie, nicht einer hilft.

Natürlich, denkt er, denn die Welt ist egoistisch und herzlos und ihm ist klar, dass er bisher sehr gut darin gelebt hat. Doch was ist das für eine Welt, die ein solches Elend, eine derartige Not zulässt? Er muss zugeben – und diese Erkenntnis erschreckt ihn zutiefst – dass er hierüber noch nie ernsthaft nachgedacht hat. Warum nicht? Weshalb gerade jetzt? Er hat schon viele Bettler gesehen und es hat ihn nicht gekümmert, was aus diesen verlotterten Gestalten wird. Was ist jetzt anders?

Er stutzt und beschließt, dass diese Frage in diesem Augenblick überhaupt nicht wichtig ist. Wichtig ist, etwas zu tun.

Seine rechte Hand greift in die Tasche seines Mantels. Dort hat er sein Portemonnaie. Es ist prall gefüllt. Er wird der Frau dort nicht nur einen Euro geben oder zwei. Er wird ihr so viel geben, dass sie für eine sehr lange Zeit weder hier, noch sonst irgendwo um milde Gaben flehen muss. Möglicherweise geht sie damit auch zum Arzt und lässt ihren krummen Rücken untersuchen ...

Jetzt hat er seine Geldbörse in der Hand. Er sieht sie an, fühlt das weiche Leder. Er schluckt, blinzelt, dann steckt er sie wieder ein.

Bei dem Scheißwetter hole ich mir noch den Tod, denkt er. Kauf jetzt das blöde Parfüm. Sandra hat Geburtstag.

Migration einmal anders

- Carsten Wunn -

Lange, sehr, sehr lange Zeit nachdem er bei mir eingezogen war, begann mein Kater Klaus-Kevin darüber nachzudenken, eine Arbeit aufzunehmen.

Er bewarb sich als Migrationsassistent, einem völlig neuen Beruf, der vorsah, dass er anderen Tieren, die neu in Deutschland waren, die Integration erleichtern sollte. Durch Erlernen der Sprache, sowie der herrschenden Sitten und Gebräuche. Er wurde für die Stelle aufgrund seiner vielfältigen Erfahrungen genommen. Und wie es in Klaus-Kevins Leben immer so spielte, wurden ihm zwei Schützlinge zugeteilt, die äußerst interessant waren.

Seine ersten Klientinnen hießen Suleika und Mei-Lin. Suleika war eine Perserkatze, die über einen wunderschönen fliegenden Teppich verfügte und damit große Strecken überbrücken konnte ohne jemals im Stau zu stehen. Mei-Lin war eine Siamkatze, ihre Gattung stammte aus dem heutigen Thailand, ihre Familie jedoch aus

China. Sie war einst Mitglied des chinesischen Nationalzirkus gewesen und zwar als so genannte „Schlangenkatze". Sie konnte sich verbiegen und verknoten, dass es eine Freude war. Wir waren begeistert von Mei-Lins Vorführungen, die sie immer gerne gab und wir waren begeistert von den Flugkünsten Suleikas, die oft und gerne Erkundungsflüge in die nähere Umgebung unternahm.

Beide lernten unglaublich schnell und deshalb wurde Klaus-Kevin noch ein drittes Tier zugeteilt. Dieses Tier übertraf Suleika und Mei-Lin in punkto Originalität noch einmal um Längen. Es handelte sich bei ihm um den Brontosaurier Bernhard. Bernhard verfügte aufgrund eines Gendefektes über nur knapp einen Meter fünfzig Körpergröße. Er stammte aus der Urzeit, dem Ober-Jura, und war mit einer Zeitmaschine, die sein Cousin Bertram gebaut und sich nicht zu besteigen getraut hatte, im Jahr 2012 in Hannover gelandet. Da er einen Zwischenstopp im zwölften Jahrhundert eingelegt hatte, sprach er fließend Mittelhochdeutsch, was schon mal für eine gewisse Begabung spricht und konnte vor allem Gedichte des großen Minnesängers Walther von der Vogelweide mit Inbrunst und wahrscheinlich fehlerfrei rezitieren. Letzteres nehme ich jedenfalls an, denn ich bin dieser Sprache leider nicht mächtig. Auf jeden Fall klang es beeindruckend. Auch war er ihm, nach eigenen Angaben, einmal begegnet, doch Walther hatte sich angeblich nur fürchterlich erschrocken. Wenn man den Anblick eines Dinosauriers nicht gewohnt ist - und sei er auch noch so klein - eine durchaus verständliche Reaktion.

Wir waren da inzwischen abgehärteter. Bernhard war nach seiner Zeit im Mittelalter mitten auf der belebten Podbielskistraße gelandet und hatte ein nicht unerhebliches Verkehrschaos ausgelöst. Zudem war von niemandem verstanden worden was er sagte. Mittelhochdeutsch spricht heute keiner mehr. Außer Klaus-Kevin natürlich, der zu diesem Thema in grauer Vor- jedoch nicht Urzeit einmal einen Volkshochschulkurs belegt hatte, was uns in dieser Situation äußerst gut zu pass kam. Auch er war ein großer Fan von Walther von der Vogelweide und so traf es sich gut, dass Bernhard unter seine Obhut gestellt wurde.

Recht schnell erfuhr er von Bernhards größtem Problem. Dieser sehnte sich zurück nach seiner Urzeit, doch der Tank der Zeitmaschine war leer, er konnte nicht zurückfliegen. Da der Treibstoff aus unserer Zeit für sein Gefährt nicht geeignet war, saß er hier fest und Klaus-Kevin gelang es bereits nach kurzer Zeit, ihm ein passables, aktuelles Hochdeutsch beizubringen.

Alle drei Schützlinge waren da sehr begabt. Trotzdem fielen sie immer, wenn sie sich in der Stadt bewegten, auf. Das lag unter anderem an Suleikas Teppich, vor allem aber an dem Outfit von Bernhard, bei dem man von Mode-bewusstsein weiß Gott nicht sprechen konnte. Er trug einen grünen Lodenmantel und rote Gummi-stiefel in Größe 36, wie gesagt, er war ein Bonsai-Brontosaurus, sowie eine Baseballmütze mit der Aufschrift „Vogelweide for ever", die er selbst entworfen hatte. Ein paar Brocken Englisch sprach er schnell. Die hatte ihm auch Klaus-Kevin beigebracht. Seine Zeitmaschine, die durchaus an die einst von H. G. Wells beschriebene erinnerte, ohne jedoch so auszusehen, stand in unserer Garage. Sie war vor allem aus Holz, einer speziel-len Art von Baumrinde und Farn gefertigt.

Um seinen Klienten und Klientinnen die deutsche Kultur und Lebensweise näher zu bringen, griff Klaus-Kevin zu sowohl erlaubten, als auch außergewöhnlichen Methoden: Er besuchte mit ihnen unter anderem ein McDonalds Restaurant und hielt einen Diavortrag über Mallorca, die beliebteste Ferieninsel der Deutschen. So seine Argumentation. Auch seine Methoden waren teilweise zweifelhaft. Er verlangte von seinen Schützlingen mehr, als normale Tiere in Deutschland leisten müssen. So lernten sie mit Messer und Gabel zu essen und Klaus-Kevins altes Fahrrad zu reparieren. Hinzu kam, dass sie zusätzlich noch bereits erwähnte Fähigkeiten mitbrachten. So entdeckte Mei-Lin ein Talent in unseren Reihen: Der Piranha Paul war nach kurzer Anleitung in der Lage, sämtliche Schuppen auszukugeln, sich mit dem Maul in den Schwanz zu beißen und sich so, als so genannter Schlangenfisch zu präsentieren. Darauf war er natürlich unendlich stolz und wir stellten ein Video bei „You Tube" ins Netz, in dem er seine außergewöhnlichen Fähigkeiten zeigte. (Bis heute haben wir schon 123 Klicks erreicht!!!).

Doch auch bei uns herrschte nicht immer Friede, Freude, Eierkuchen. So kam es beim gemeinsamen Frühstück, das Klaus-Kevin bewusst zu Tagesbeginn bei uns angesetzt hatte, denn die drei wohnten nicht bei uns, sondern in einem Tierübergangswohnheim, regelmäßig zum Eklat zwischen dem kleinen Kater und Bernhard.

Beide beanspruchten unseren einzigen Winnie-Puuh-Teller, von dem das Essen angeblich deutlich besser schmeckte. Da war dann doch mein Eingreifen gefordert. Nach langen Diskussionen erreichte ich einen Kompromiss. Montags begann Klaus-Kevin von dem Objekt der Begierde zu essen, nach drei Minuten wechselte dieses dann zu Bernhard, nach weiteren drei Minuten dann zurück zu Klaus-Kevin und so weiter. Dienstags begann dann unser Bonsai-Brontosaurier um das Wechselspiel im selben Rhythmus wie am Vortag fortzuführen. Dass Letzterer dabei etwas schlechter wegkam, weil eine Woche sieben und damit eine ungerade Zahl an Tagen hat, durchschaute er zum Glück nicht, er war mehr damit beschäftigt, dass der Drei-Minuten-Takt eingehalten wurde. Die ganze Hektik legte sich irgendwann, als Mei-Lin der Teller beim Jonglieren - auch das konnte sie ansonsten - hinfiel und in tausend Teile zersprang. Danach hatten wir Ruhe.

Doch leider überschattete irgendwann eine Katastrophe unser Leben. Eines Tages erschien Mei-Lin nicht zum Frühstück. Das sah ihr so gar nicht ähnlich. Gerade weil sie alle Deutschen - zu

Unrecht - für pünktlich hielt, legte sie großen Wert darauf, immer als Erste bei uns zu sein. Gerne auch schon um sechs Uhr, wenn wir alle noch schliefen. Bis sie klingelte natürlich. Aber an diesem Tag fehlte Mei-Lin beim Frühstück. Wir waren ganz aufgeregt und versuchten sie per Handy zu erreichen. Doch niemand ging ans Telefon. Klaus-Kevin und ich fuhren also zu ihr nach Hause. Zum Glück wurden wir in ihr Zimmer gelassen. Ihre Mitbewohner öffneten uns, hatten aber noch geschlafen und wussten von nichts. Gemeinsam fanden wir sie im Bad. Von oben bis unten verknotet. Bei Aufwärmübungen sei ihr dieses Unglück passiert, wie uns die Katze stöhnend mitteilte. Zwei Stunden hatte sie in diesem jämmerlichen Zustand im dort gelegen. Schnell renkten wir sie - mehr schlecht als recht - wieder ein. Doch ihre Angst blieb. Mei-Lin wusste jetzt, dass ihre Zukunft nicht in der als Schlangenkatze lag. Doch sie war ein in jeder Hinsicht begabtes Tier und begann bald darauf eine Umschulung zur Stenotypistin, die sie einmal mit Auszeichnung abschließen sollte. Suleika wurde nach der Zeit bei uns eine erfolgreiche Paketfliegerin auf ihrem Teppich. Kein Lebewesen in Hannover konnte, aufgrund ihres

Vorteils vom Verkehr unabhängig zu sein, dermaßen schnell und zuverlässig Pakete anliefern.

Und Bernhard? Der bekam das Angebot bei der Doku-Soap „Saurier sucht Frau" mitzuspielen. Er nahm das Angebot auch an, doch die Sendung wurde ein Flop, denn es gab nun einmal weltweit keine Saurierfrau für Bernhard und diejenigen Menschenfrauen, die sich meldeten, wollten einfach nur ins Fernsehen.

Eigentlich hätten sich die Produzenten so etwas denken können, aber adäquate Recherche im Vorfeld hat zumindest in diesem Fall wohl nicht so recht zu ihren Stärken gehört. So blieb unter dem Strich eine große Enttäuschung für alle Beteiligten. Und Bernhard begann, vor allem nach dem „Saurier-sucht-Frau"-Fiasko, aber auch nach der Sache mit dem Winnie-Puuh-Teller, die ihn sehr getroffen hatte, seine heimatliche Urzeit immer mehr zu vermissen. Wir hätten es gerne gehabt, wenn er noch geblieben wäre, doch er musste zurück, da gab es keinen Zweifel.

Eines Tages fand eine eigens von uns gebildete Projektgruppe heraus, dass seine Zeitmaschine mit einer speziellen Mischung aus Raps- und Olivenöl, sowie einem Hauch Balsamico durchaus funktionierte und so verließ er uns.

Zum Abschied schenkten wir ihm für sein Gefährt und zu Verzierungszwecken noch einen Fuchsschwanz sowie einen Hannover- 96-Wimpel und dann stand sein Heimflug an. Doch ich hatte noch eine Bitte: „Bernhard", sagte ich, „bevor du in die Urzeit fliegst, lande doch bitte im Jahr 1967. Vielleicht kannst du nachträglich verhindern, dass Eintracht Braunschweig in meinem Geburtsjahr deutscher Meister wird. Das wäre schön!"

Das versprach unser Zeitreisender und mit einem riesigen Knall verschwand er. Wir konnten ihn nur noch verschwommen in seiner Kapsel winken sehen. Ich hoffe, er ist gut angekommen. Von der Eintracht-Braunschweig-Sache selbst habe ich zwar nichts mehr gehört, doch wer weiß, vielleicht hat es ja in einem Parallel-Universum funktioniert.

Momentaufnahmen

- Anja Brand -

Es war Herbst im Jahr 1799. Ein Jahrhundert ging zu Ende. Catharina Elisabeth ging auf die steinerne Brücke und die Dorfkirche zu. Die Sonne stand tief. An diesem Abend tauchte sie die kleine Kirche in ein warmes Licht. Catharina zog das Schultertuch enger um sich und versank in Gedanken. Sie dachte an die vergangenen Jahre zurück.

Dabei war diese Kirche schon immer Mittelpunkt des kleinen Dorfes gewesen. Die Kinder wurden hier getauft, Ehen geschlossen und Abschiede genommen. Auch Catharina war in dieser Kirche getauft worden.

Als der Wind die Orgelklänge zu ihr herübertrug, lauschte Catharina andächtig. Wie oft hatte Vater ihr begeistert von dem Bau der barocken Orgel erzählt. Wenn sie am Sonntag in der kleinen Kirche saßen, konnte sie nicht genug von der Musik bekommen. Die Klänge erhoben sich in die Luft, brausten auf und vereinigten sich zu einem Rausch der Töne. Die ihr bekannten Lieder klagen voller und erhabener mit der Begleitung einer

solchen Orgel. Catharina konnte sich nicht satt-
hören.

Dann sah sie Mutters lachendes Gesicht vor
sich. Sie war eine hübsche und sehr arbeitsame
Frau, die immer bedacht war das wenige Geld der
Familie zusammen zu halten. Ihr Lächeln wurde
allerdings immer seltener mit den Jahren und
erlosch fast ganz, als Vater im Dezember 1783
starb. So blieb sie zurück, als Witwe mit drei
Kindern.

Mutter hatte, um die Vormundschaft für ihre
drei Kinder gekämpft. Ohne Onkel Johann hätte
sie einen anderen Vormund akzeptieren müssen.
Er musste bezeugen, dass sie als Frau im Stande
war, für sich und ihre Kinder alleine zu sorgen. Es
war ungewöhnlich, dass eine Witwe die Vormundschaft selbst übernahm.

Dann kam Peter Henrich Stolle in Catharinas
Leben. Ein gestandener Mann von 30 Jahren, der
nach kurzer Zeit um sie freite. Mit drei-
undzwanzig Jahren, im März 1788 heiratete sie
ihn. Peter war ein guter Mann, er war fürsorglich
und freundlich. Er kaufte für Mutter den Schulte
Kotten in Hundsdieck für einhundertvierzig
Reichstaler. Das Geld hatte er an die Kirche zu
Dahl bezahlt, die es für die Armen des Dorfes

verwendete. Von da an lebte Mutter auf dem Kotten, wo Catharina sie mit den Kindern so oft es ging besuchte.

Peter übernahm 1792 die Schmiede in Dahl von seinem Vater. Catharina und ihre Familie hatten ein gutes Auskommen. Sechs Kinder hatte sie ihrem Mann schon geboren. Langsam und liebevoll strich sie sich über den leicht gewölbten Bauch. Wenn es dem Herrgott gefiel, würde sie ihm im nächsten Jahr ein weiteres Kind schenken. Sie ging zum Haus zurück. Ihr wurde kalt, denn die Sonne war hinter den Höhen versunken.

Es ist Spätsommer im Jahr 1999. Ein Jahrhundert geht zu Ende. Langsam schlendere ich über die kleine steinerne Brücke auf die Dorfkirche zu. Hier muss Catharina Elisabeth vor vielen Jahren auch schon gestanden haben. Der Wind spielt mit den Blättern der Bäume und die Abendsonne taucht das alte Gemäuer in ein warmes Licht.

So muss sich Catharina auch gefühlt haben, denke ich, als ich der Kirche näher komme.

Vor einiger Zeit fand ich die alten Aufzeichnungen über meine Familiengeschichte. Aufgeregt habe ich die alten Dokumente in Händen gehalten und ihren Inhalt sprichwörtlich verschlungen. Ich habe mich immer gefragt, warum mich die Höhendörfer um Dahl so in ihren Bann gezogen haben. Schon als Kind wanderte ich oft mit meinen Eltern durch die Wälder der Höhen zwischen Hohenlimburg und Dahl. Dabei habe ich mir gewünscht in einem dieser alten Häuser zu leben, die man immer wieder an den Wegen findet. Ich habe mir ausgemalt wie es ist, dort in der Abgeschiedenheit zu sein.

Heute weiß ich, warum. Das sind meine Wurzeln. Hier haben meine Vorfahren gelebt. Es ist ein erhebendes Gefühl zu wissen, dass Catharina einmal hier gestanden hat, genau an dieser Stelle, auf der kleinen Brücke, die über die Volme führt. Ich bin ihr ganz nahe in diesem Moment, das spüre ich genau. Sie hat in diesem Dorf gelebt, ist durch diese alten Gassen gegangen, hat ihre Kinder hier geboren, ihre Eltern hier begraben und auch sie wurde hier beigesetzt.

Catharina hat vor 200 Jahren ein ganz anderes Leben gelebt als ich und doch bin ich ein Teil von ihr und sie ist ein Teil meiner Geschichte.

Oma Annas Gedächtnisessen

- Brigitte Krause -

Da saß sie nun und starrte auf den Brief in ihrer Hand. Sie hatte ihn schon mehrfach gelesen, begann jedoch erst allmählich den Inhalt zu begreifen.

„Ihr Mann starb für Volk und Vaterland"
stand da.

Nein, nein, das konnte nicht sein. Ihr Karl! Erst vor einem viertel Jahr hatten sie ihn geholt. Zum Volkssturm, Ostpreußen gegen die Russen verteidigen.

„Ich bin schnell wieder zurück", hatte er gesagt, „der Krieg ist sowieso bald vorbei!"

Und nun der Brief, er kommt nicht zurück ! Sie war allein, allein mit ihren drei Kindern. Das konnte und durfte nicht sein. Und doch stand es da, schwarz auf weiß.

Sie wollten doch wieder nach Bischofsstein zurück, dort war er Bahnhofsvorsteher von einem kleinen Bahnhof. Als er zum Militär geholt wurde, war sie mit den Kindern nach Schulen in das Haus ihrer Schwiegereltern gezogen. Nun konnte sie nicht mehr zurück. Sie würde hier wohnen bleiben. Denn ganz in der Nähe, in dem kleinen Ort Trautenau war ihr Elternhaus. Dort wohnten noch Vater und Mutter und ihre jüngere Schwester. So war sie nicht ganz allein und fand auch bei Ihnen Trost und Halt.

Kurze Zeit später war der Krieg vorbei und die Russen zogen in Ostpreußen ein. Danach wurden Polen in das Land gebracht, die hier sesshaft werden sollten. Die Deutschen mussten nun endgültig ihre Heimat verlassen. Anna und ihre Familie machten sich auch auf den mühsamen, gefährlichen Weg. Zusammen mit ihren Eltern, Ihrer jüngeren Schwester und deren zwei Kinder. Das kleine Mädchen war noch ein Säugling. Sie waren unterwegs, weil sie ihre Häuser an andere, fremde Menschen abgeben mussten. Viel mit-nehmen konnten sie nicht, so zogen sie die Kleidung an in mehreren Lagen an.

Vier Monate waren sie unterwegs. Es geschah sehr viel in dieser Zeit. Viel Leid aber auch ein kleines Wunder. Die Mutter starb, und auch die Kleine Nichte überlebte nicht. Sie waren zu schwach, um die Strapazen aushalten zu können.

Annas jüngste Tochter war verschwunden. Einen ganzen Tag haben sie fieberhaft nach ihr gesucht. Und dann geschah es, dieses kleine

Wunder. Auch weil das zweijährige Mädchen ihren Namen sagen konnte, kam sie wieder zu ihnen zurück.

Im Herbst waren sie von zu Hause los und im Frühjahr des nächsten Jahres kamen sie in einer neuen Umgebung an. Anna hat später nie von der Flucht und auch der Zeit davor gesprochen. Das war ein Tabu-Thema.

Sie waren in einer Kleinstadt in Westfalen gelandet. Das also war nun ihr neues zu Hause und es galt, sich einzurichten.

Die Menschen, die hier wohnten, nahmen sie nicht freundlich auf. Mussten sie doch für die vielen Flüchtlinge und Vertriebenen aus dem Osten Wohnraum zur Verfügung stellen. So war es nach zwei Wohnungen aus denen sie wieder ausziehen musste, eine Dritte, in der sie mit ihren drei Kindern bleiben konnte. Es war eine Dachwohnung, und hier sollten sie nun leben. Um es wohnlich zu haben, waren zunächst ein paar Dinge notwendig. Die zwei Räume trennte eine Leichtbauwand, in der Anna einen Durchgang mit Vorhang schuf. Die Wärme des Ofens verteilte sich dadurch in beiden Räumen. Nun hieß es, die Wohnung einzurichten. Über ein eigens ge-schaffenes Flüchtlingsamt waren Möbel zu bekommen. Ganz wichtig aber wurde eine Nähmaschine, die sie auftreiben konnte. Aus Stoffresten, die sie von anderen Leuten bekam, nähte sie Kissen-, Bettbezüge und auch Puppen. Aber nicht für den Eigenbedarf, oh nein. All das konnte sie gegen Lebensmittel und andere nützliche Dinge, wie zum Beispiel eine Tafel für ihre Kinder, eintauschen. Zu dieser Zeit fanden die sogenannten Hamsterfahrten statt. Man fuhr mit dem Zug auf das Land. Bei den Bauern konnte man Sachen gegen Lebensmittel eintauschen. Diese Gelegenheiten nutzten viele Menschen, so auch Anna. Aber auch in dem kleinen Ort, in dem sie lebte, konnte sie ihre Produkte, die sie mit ihrer Nähmaschine nähte, anbringen. Sie nähte hauptsächlich in der Nacht, um am Tag die fertige Ware eintauschen zu können.

Nach wie vor waren die Menschen aus dem Osten nicht gut gelitten. Doch allen Widrigkeiten zum Trotz, schaffte Anna sich und ihren Kindern ein neues lebenswertes Zuhause.

Mit der Währungsreform kehrte im Nachkriegsdeutschland allmählich wieder Normalität ein. Menschen fanden Arbeit und bekamen Lohn. Anna bekam Kriegerwitwen-Rente, weil ihr Mann im Krieg gefallen war. Damit konnte sie nun leben. Die Kinder wuchsen heran und bald wurde die Dachwohnung zu klein.

Für die Menschen aus dem Osten entstanden Wohnhäuser. Es waren gute Wohnungen. Es gab allerdings auch die Möglichkeit ein eigenes Heim zu schaffen. Auf Drängen ihres Sohnes erwarb sie ein solches Reihenhaus, in das sie dann im Juli 1959 einzogen. Sie hatte es geschafft. Dreizehn Jahre waren vergangen, seitdem sie aus Ostpreußen vertrieben wurden, in eine ungewisse Zukunft. Nun hatte sie mit viel Mühe und Kampf sich und ihren Kindern ein neues zu Hause geschaffen. Die Kinder gingen irgendwann aus dem Haus. Und als Anna eines Tages das Haus zu groß wurde, zog sie zu ihrer jüngsten Tochter. Viel Freude hatte sie an den Enkelkindern. Nicht nur über Vertreibung und Flucht hat sie nie gesprochen. Auch selten von der Heimat erzählt. Eines aber war für sie immer wichtig: gutes Essen aus Ostpreußen. Dazu gehörten ganz besonders die Königsberger Klopse. Sie gab diesem Gericht ihre persönliche Note, indem sie sie mit Spargel verfeinerte. Ihre Kinder und Enkel machten später die Königsberger Klopse zu Oma Annas Gedächtnisessen.

Rezept – Königsberger Klopse:

500 g Gehacktes (halb und halb)
1 Zwiebel
2 Eier
Salz, Pfeffer, Mehl zum Andicken
Salzwasser, einige Pimentkörner,
Lorbeerblätter und
2 Zwiebeln (in Scheiben geschnitten) zum
Kochen bringen.

Für die Soße:

2 Gläser Spargel
etwas Butter
Zitronensaft, Salz, Pfeffer, Zucker
2 Eigelb
etwas Sahne, Kapern, Petersilie und
etwas Mehl.

Das Gehackte mit den Gewürzen und den Eiern vermischen, mit Mehl andicken, zu runden Bällchen formen und in dem Salzwasser ca. 30 Min. köcheln lassen. Klopse aus dem Topf nehmen, Gewürze aus der Brühe entfernen. Mit dem

Spargelwasser und dem Mehl die Brühe andicken. Etwas Butter zugeben und mit Zitrone, Salz, Pfeffer und Zucker abschmecken.

2 Eigelb mit etwas Sahne verrühren und in die Soße geben. Zuletzt Kapern und Spargel hineingeben. Gehackte Petersilie darüber streuen. Die Soße über die Klopse geben, etwas ziehen lassen. Mit gekochten Kartoffeln servieren.

„Guten Appetit!"

Der Schnappschütze
- Nuri Ortak -

Partys sind sehr flüchtige Interaktionsge-
schehen; ein Abend kommt und geht, und mit ihm
die Feier. Kein Wunder, dass sich am nächsten
Morgen so oft eine gewisse melancholische
Stimmung Bahn bricht. Was ist von dem Moment
geblieben, den wir gestern so unbeschwert
feierten? Was ist der Mensch? Warum musste ich
auch schon wieder alles durcheinander trinken?
Das sind Fragen, die in ihrer unaufdringlichen
Beharrlichkeit direkt in das Zentrum der
wahrhaft menschlichen Befindlichkeit stoßen. Es
entzieht sich unserer Kenntnis, wie vielen
Existenzialisten der Besuch einer Party den
gedanklichen Weg wies. Doch denkbar ist es,
gewiss. Die schönsten Momente kann das Ich
eben nicht festhalten; ja, ihre eigentliche Tragik
liegt gerade darin, dass das Leben in all seiner
Intensität immer nur im Hier und Jetzt
stattfinden kann, sich der kostbare Augenblick
nicht in das Poesiealbum der Erinnerung pressen
lässt. Vergänglich das Leben, wie schon die alten
Römer nach umfangreichen Gelagen wehmütig

konstatierten.

Die neuzeitliche Party hat dieses Problem durch einen Quantensprung in der Erinnerungskultur gelöst und eine äußerst effektive archäologische Hardware ersonnen, die den flüchtigen Augenblick bannt: die Fotografie. Seitdem das Stativ in die professionellen Studios verwiesen wurde und die mobile Kamera die Szene beherrscht, bedarf es keiner aufwändigen Inszenierung mehr, um das Feiern für die interessierte Nachwelt festzuhalten. Alles, was man benötigt, ist ein Gast, der felsenfest überzeugt ist, im Umgang mit dem Objektiv ein gewisses Geschick zu verfügen, sich vielleicht gar mit dem Gedanken trägt, an einer Kunsthochschule seinen kreativen Neigungen die Peitsche zu geben – und man hat sich einen veritablen Schnappschützen gesichert.

Eine brennende, alles verzehrende Sehnsucht treibt den Schnappschützen um; er ist fraglos ein Besessener. Unrettbar angezogen von der Magie des Augenblicks, streift er unauffällig umher, verbirgt sich hinter Zimmerpalmen, sucht Deckung unter dem Buffettisch, ja, weiß sogar Spiegel und ähnlich reflektierende Gegenstände in sein kreatives Gesamtkalkül einzubeziehen, um gewissermaßen die höhere Wahrheit hinter der

Welt der Erscheinungen abzubilden. Als einfühlsamer Psychologe weiß er nur zu genau, dass Menschen, auf die eine Kamera gerichtet ist, häufig unmerklich verkrampfen und die wohlgemeinte Aufforderung, 'ganz natürlich' zu sein, ad absurdum führen. Daher ist es allenfalls das grelle Blitzlicht, das dem heimlichen Motiv vor Augen führt, vor das Kameraauge geführt worden zu sein.

Was für den Schnappschützen zählt, ist die Lebendigkeit; je unbeobachteter sich der Gast wähnt, je entspannter seine Gesichtszüge, vorzugsweise die Mundwinkel, hängen, desto nachhaltiger nimmt der Schnappschütze die Witterung auf. Doch jetzt beginnt erst die Arbeit; während er diskret seine Kamera scharfmacht, lässt er das Objekt nicht aus den Augen. Er wartet. Und lauert. Die Zeit ist auf seiner Seite. Irgendwann wird das Objekt einen Knabberartikel verzehren, über einen zweideutigen Witz lachen oder die Kohlensäure des Getränks durch eine geeignete Gesichtsöffnung emittieren. Jetzt, jetzt sofort gilt es zu handeln; die Mimik des Motivs könnte sich mit einem Augenzucken wieder normalisieren, dieser Moment unwiederbringlich vorbei sein, dem Tropfen im gleich-

gültigen Zeitstrom gleich. Es klickt; der Schnappschütze sendet ein Stoßgebet gen Himmel.

Wie gut das Foto geworden ist, zeigt sich an
dem albinoartigen Aussehen des Objekts; in den
rosafarbigen Pupillen spiegelt sich immer der
Ausdruck höchster Überraschung, ja des Er-
staunens, ja der Angst, ja der Todesangst. Und
hier, nur hier gelingt es ausnahmsweise, die
menschliche Existenz in all ihrer berückenden
Tragik, jenseits aller Rollenspiele und Ver-
stellungen, zu bannen.

Mit dem Siegeszug des Foto-Handys läuft der
Schnappschütze Gefahr, zu einem reinen Fließ-
bandarbeiter degradiert zu werden; es droht die
Amnesie des partykollektiven Gedächtnisses.
Allerdings bestehen mit dem intelligenten Ge-
brauch der Websites (etwa 'Jahresfeiern des Gut-
Holz e.V. Witten-Annen 1933-2017'; www.stern-
hagelvoll.de) wertvolle Möglichkeiten, Fotopinn-
wände, Erinnerungsalben und Dias von dem
Bildmaterial etwas zu entlasten. Den Löwenanteil
der Schnappschüsse behält der Schütze ohnehin
für sich. Denn auf eines dürfen wir nicht müde
werden hinzuweisen: Schnappschützen sind
keine Paparazzi; die tun es nämlich professionell.
Der Schnappschütze hat nur seinen Enthu-

siasmus, der dem Blitzlicht gleich Helligkeit in seine sonst graue Existenz bringt. (Es sei denn, er ertappt den Gatten einer Fabrikantenerbin beim Ehebruch.)

Fragmente

- Beate Kranz -

Krähenvögel, irgendwo am Himmel. Ihr Krächzen dringt durch das geöffnete Fenster, lässt an trübe Wintertage und lange Nächte denken. Dabei ist es jetzt Mitte März, und seit zwei Tagen hat der Dauerregen aufgehört.

‚Damals haben die Krähenvögel auch gekrächzt‘, denkt Helen und zieht die wärmende Bettdecke ein wenig höher.

Damals, vor zwei Jahren, hatte sie schlaflos neben Bernt im Bett gelegen und ungeduldig das Licht der Dämmerung beobachtet, das sich durch das Fenster drängte und die unscharfen Konturen klar werden ließ. Wiederholt hatte sie auf den Wecker geschaut, hatte überlegt, ob sie aufstehen und nach nebenan gehen und ein wenig lesen solle, und hatte es dann doch gelassen und weiter den Krähen und ihrem Gekrächze zugehört.

„Hörst du sie auch, die Krähenvögel?“, hatte sie gefragt, als sie merkte, dass Bernt ebenfalls wach war.

„Solange es keine Käuzchen sind", hatte Bernt gemurmelt. „Die bringen den Tod", hatte er hinzugefügt.

„Krähen auf dem Dach auch. Jedenfalls, in England ist das so", hatte Helen geantwortet.

„Unfug. Außerdem sind wir nicht in England", hatte Bernt gesagt und sich von ihr weggedreht und Schlaf vorgetäuscht.

Der Tod war trotzdem gekommen.

Am Abend, als sie mit zwei Freundinnen im Kino war, war er ins Haus getreten und hatte Bernt mitgenommen.

‚Nein, nicht mitgenommen', denkt Helen. ‚Bernt ist freiwillig mitgegangen. Er wollte es so. Es war alles von ihm geplant; die Krähenvögel hatten keine Schuld.

Im Bus ist es warm, eng und irgendjemand hat den Lautsprecher seines Smartphones so laut gestellt, dass alle die piepsige Frauenstimme, die von einer verlorenen Liebe und einsamen Nächten singt, ertragen müssen.

‚Ich hätte mit dem Auto fahren sollen', denkt Helen und rückt noch ein wenig weiter ans Fenster, um dem spitzen Ellenbogen ihrer Nachbarin zu entfliehen. Aussichtslos, bei der nächsten Kurve rückt die Frau auf. Ihr Ellenbogen drückt sich in Helens Seite.

Helen dreht den Kopf, blickt sie stumm an.

„Ich habe das Recht auf einen vernünftigen Platz", sagt die Frau. „Ich bin achtzig und es geht nicht an, dass ich gegen die Fahrtrichtung sitzen muss."

„Ich sitze auch gegen die Fahrtrichtung", sagt Helen.

„Sie sind aber keine achtzig", antwortet die Frau. „Nicht jeder wird achtzig."

‚Stimmt', denkt Helen. ‚Bernt wurde nur vierundfünfzig'. Sie dreht sich weg, schaut aus dem Fenster. Der Bus fährt gerade an der Kart-Bahn vorbei, hier ist das Tal eng, dunkel. Selbst bei Sonnenschein wird es nicht richtig hell. ‚Ist der Tod eigentlich auch dunkel? Und wie ist es mit der Sonne und ihrem Licht'? überlegt Helen.

Ein schmatzendes Geräusch zieht ihre Aufmerksamkeit zu ihrem direkten Gegenüber. Eine Frau, vielleicht gerade zwanzig, in fluoreszierender silberfarbener Jacke mit grell rosafarbenem Plüschkragen bildet mit ihrem Kaugummi Blasen, lässt sie platzen und schaut dabei angestrengt auf ihr Handy.

‚Bernt mochte kein Kaugummi‘, denkt Helen. ‚Ihm war jedes Kaugeräusch zuwider, jedes Schmatzen, jedes Schlürfen‘. Die junge Frau in rosa Plüsch und Silber streckt ihre Zunge durch das Kaugummi bis es reißt. Mittig wird ein Piercing sichtbar. ‚Bernt hasste Piercings‘, denkt Helen.

Der Busfahrer bremst, der Ellenbogen der Frau drängt sich gegen Helens Rippen.

„Rücksichtslos", wettert sie. „Als ich jung war, haben wir einem alten Menschen den besten Platz angeboten."

„Sie können meinen Platz haben", sagt die Frau, die neben der Kaugummi-Frau sitzt und in einem Buch liest. Sie steht auf, hält sich an der Haltestange fest.

„Erst wenn der Bus steht", sagt die Frau mit den spitzen Ellenbogen. „Sonst stürze ich noch, breche mir das Genick und was ist dann?"

‚Dann ist es vorbei, so wie es bei Bernt vorbei war‘, denkt Helen.

An der Haltestelle tauschen die beiden Frauen die Plätze und Helens neue Nachbarin schlägt wieder das Buch auf, blättert.

‚Lesen‘, denkt Helen. ‚Das habe ich auch einmal getan; gehörte zum Leben wie Atmen und Zähne putzen. Ohne Buch habe ich das Haus nicht verlassen. '

Neugierig schaut sie auf das Papier, versucht herauszufinden, welches Buch neben ihr gelesen wird.

‚Wenn Konrad weg sollte, dann lebend‘, liest Helen und bricht ab. ‚Konrad‘, denkt sie. So hießen ihr Meerschweinchen und danach der blaue Wellensittich, der eigentlich ein Weibchen war. ‚Damit ein wenig von ihm bei mir bleibt‘, hatte sie schluchzend ihren Eltern erklärt, als sie die Tiere tot im Käfig fand.

Ihr letzter Konrad war ein schwarz-weißer Kater und wurde zwanzig. Als er starb, hatte sie gerade Bernt kennengelernt.

‚Ich mag keine Tiere‘, hatte er ihr gesagt. ‚Also bitte keinen weiteren Konrad, wenn es Dir ernst mit uns ist‘.

Es gab keinen Konrad, es gab jetzt Bernt, ebenfalls zwanzig Jahre lang und hätte es diesen einen Samstag nicht gegeben, gäbe es Bernt wohl immer noch.

Wieder schaut Helen zu ihrer Nachbarin, liest weitere Zeilen, weil sie wissen will, wer Konrad ist und was mit ihm passiert.

‚Wie gesagt, Konrad war übergewichtig‘, kann sie entziffern.

‚Stimmt‘, denkt Helen. ‚Ihr Konrad war es auch, er war halt ein verfressener Kater und liebte Thun-fisch und Lachs.

Der Bus verlangsamt seine Fahrt. „Nächster Halt, Rathaus“, sagt eine Computerstimme. Die Frau neben ihr blickt auf, klappt das Buch zusammen, steckt es in ihre Handtasche.

Helen schreckt zusammen. ‚Ich kenne das Ende der Geschichte nicht‘, denkt sie. ‚Wird Konrad überleben, oder stirbt er‘.

„Entschuldigung“, sagt sie zu der Frau und fasst an ihren Ärmel. „Entschuldigung“, wiederholt sie und zieht ihre Hand zurück, wird rot.

„Das Buch, das sie lesen. Wie heißt es? Bitte, ich muss es wissen. Was wird aus Konrad? Und wer ist Konrad?“

Die Frau schaut sie irritiert an. „Der Weihnachtskarpfen“, sagt sie schnell und eilt nach hinten, steigt gerade noch aus, bevor sich die Türen schließen.

Der Bus fährt an und Helen verliert die Frau aus den Augen.

‚Ist Konrad der Weihnachtskarpfen, oder ist es der Titel der Geschichte, oder beides‘, überlegt sie.

Am Bahnhof steigt sie aus, eilt in die Bahnhofshalle, schaut auf die Anzeige und geht dann durch den Tunnel zu den Bahnsteigen.

Auf dem Bahnsteig ist es zugig und Tauben picken auf dem Boden, hocken auf den Verstrebungen des Daches, flattern auf, wenn ein Zug einfährt.

‚Es hat sich nichts verändert‘, denkt Helen. ‚Nur ich bin nicht mehr die Gleiche, bin anders geworden, wurde zu einer anderen gemacht.‘
Ein ICE aus Hamburg fährt auf einen der Nachbargleise ein.

Früher, vor Bernt, ist sie regelmäßig mit dem Zug gefahren. Danach nie wieder. Bernt mochte keine Busse, keine Straßenbahnen, keine Züge. Flugzeuge ließ er gelten, der Entfernung wegen.
Eine schnarrende Stimme verkündet, dass der Zug, auf den sie wartet, und mit dem ihre Freundin Tina ankommen wird, zwanzig Minuten Verspätung hat. Bis vor zwei Jahren hätte sie jetzt mit den Schultern gezuckt, hätte das aktuelle Buch aus der Tasche geholt und gelesen.

Doch seit zwei Jahren hat sie kein Buch mehr dabei.

Die wenigen Bücher, die sie noch besitzt, nimmt sie nur zum Abstauben aus dem Regal und stellt sie unbeachtet wieder zurück.

Es ist erst eine Minute seit der Durchsage vergangen. Die wenigen Leute, die mit ihr auf den Zug warteten, sind verschwunden, nur die Tauben leisten ihr Gesellschaft. Sie fröstelt, zieht den Schal, der eigentlich ein Tuch ist, ein wenig enger, steckt die Hände in die Manteltasche und geht bis zum Ende des Bahnsteigs und wieder zurück.

Wieder schaut sie zur Uhr. Es sind erst fünf Minuten vergangen. Vorne, in der Bahnhofshalle ist die alte Buch-handlung, die es schon immer gab. Eben ist sie achtlos daran vorbeigeeilt; jetzt überlegt sie, ob sie nicht dorthin zurückkehren sollte. Bevor sie es sich anders überlegt, eilt sie die Treppenstufen hinunter und am Ende des Ganges die Rampe zur Halle hinauf.

Vor dem Schaufenster des Geschäfts bleibt sie ein wenig außer Atem stehen, mustert die Auslage und die Regale mit den vielen Zeitschriften.

‚Konrad', denkt Helen. ‚Ich möchte wissen, wer Konrad ist und was aus ihm wurde. Irgendeine Geschichte muss doch mal gut ausgehen'.

Helen geht direkt zur Kasse, stellt sich in die Schlange, die aus einem Herrn mit Glatze und Aktenkoffer und einer stark geschminkten Frau besteht.

„Ich suche das Buch ‚Der Weihnachtskarpfen', sagt sie, als sie an der Reihe ist.

Die Kassiererin schaut sie an. „Die Kinderbücher sind ganz am Ende des Regals", antwortet sie und streckt bereits ihre Hand nach dem nächsten Kunden aus, scannt eine Zeitung und ein Reisemagazin ein, nennt den Betrag.

„Ich glaube nicht, dass es ein Kinderbuch ist", sagt Helen.

„Ich kann hier nicht weg und meine Kollegin ist in der Pause", antwortet die Kassiererin, die ihr gar nicht zuhört, sondern das Wechselgeld an dem Kunden mit der Zeitung und dem Reisemagazin herausgibt.

Helen nickt verstehend, dreht sich um, geht zu den Büchern. Bevor sie routiniert sich an den Buchrücken entlang liest, weiß sie, dass das gesuchte Buch nicht dabei sein wird. ‚So etwas spürt man einfach', denkt sie.

Die Neuigkeiten sind extra gestellt, die Bestseller davor gestapelt. Ohne weiter darüber nachzudenken, nimmt sie eines der Bücher vom Stapel, schlägt es auf, blättert auf Seite fünfzehn, liest bis zur siebten Zeile und bricht ab.

‚Verrückt‘, denkt sie. ‚Verrückt, dass man mit seinen Marotten nicht aufhören kann. Seite fünfzehn, sieben Zeilen. Seit der elften Klasse macht sie das nun.

‚Was soll der Mist‘, hört sie Bernt sagen. ‚So liest man sich nicht ein.‘

‚Ich schon‘, hat sie sich beim ersten Mal, als er ihr das vorwarf, verteidigt. ‚Außerdem ist es mein Geburtsdatum. ‚Anna muss immer Seite dreißig und dann nur drei Zeilen lesen. Sie behauptet, sie sei mir gegenüber eindeutig im Nachteil. Drei Zeilen sagten zu wenig aus.‘

‚Anna redet genau solch einen Mist‘, hatte Bernt geantwortet und sich dann weggedreht.

Das Buch aus dem Stapel gefällt ihr nicht, sie legt es zurück, blickt auf ihre Armbanduhr.

In drei Minuten soll der Zug ankommen, und wenn sie sich nicht beeilt, wird Tina vor ihr auf dem Bahnsteig stehen.

‚Kannst du nicht einmal pünktlich sein‘, hört sie Bernts tadelnde Stimme.

„Haben Sie das Buch gefunden", fragt die Kassiererin, die gerade keine Kunden bedienen muss und eine Rolle Wechselgeld in die Kasse sortiert.

Helen schüttelt den Kopf.

„Versuchen Sie es in der Stadt."

„Mache ich", sagt Helen und beschleunigt ihre Schritte, eilt erneut die Rampe zu den Bahnsteigen hinunter und am Ende des Tunnels die Treppe nach oben.

‚Gerade noch rechtzeitig und pünktlich', denkt sie, als sie sieht, wie Tina aussteigt und dann ihr entgegenkommt.

Ihre Begrüßung ist schnell und kurz. Tina mag keine Umarmungen und Helen hat dieses Nicht-Mögen vor genau achtundzwanzig Jahren akzeptiert.

„Gut schaust Du aus", sagt Tina. „Dein Tuch hat eine klasse Farbe. Ich habe dir ja schon immer gesagt, dass du petrol gut tragen kannst. Passt zu deinen blauen Augen und den hellen Haaren."

„Deine Haare sind auch hell", antwortet Helen.

„Ja, aber anders. Mir steht eher rot und gelbgrün", sagt Tina und schiebt ihre rote Tasche auf die Schulter.

‚Ich mag Tina. Sie ist wie ein Wächter in einer Burg, ist da, wenn man sie braucht und lacht und weint mit einem, wenn es ansteht‘, denkt Helen und das Gefühl von Vertrautheit und Bewährtheit durchflutet sie.

„Wie war deine Fahrt", fragt sie.

„Frag mich lieber nicht", sagt Tina. „Sie war grauenhaft. Voll, eng und zwei Kegelvereine auf dem Weg in die Eifel. Und dann auch noch diese Verspätung. Hättest du ein Handy, hätte ich dich angerufen." Tina schweigt einen Augenblick. „Ich hoffe, deine Fahrt war besser" sagt sie dann.

„Voll, eng, eine alte Frau mit spitzen Ellenbogen, eine gepiercte Frau in silber und rosa Plüsch mit Kaugummi", antwortet Helen. „Und", sie zögert einen Augenblick.

„Und", fragt Tina.

„Eine Frau mit Buch. Das Buch heißt ‚Der Weihnachtskarpfen‘."

„Woher weißt du es?"

„Ich habe sie gefragt. Ich hatte eine Zeile mitgelesen, einfach so. Es kam jemand vor, der Konrad heißt."

„Schon komisch, dass jemand im März eine Weihnachtsgeschichte liest, oder ist es gar keine?"

„Ich weiß es nicht. Ich habe eben schon in der Bahnhofsbuchhandlung nach dem Buch gefragt. Sie konnten mir nicht helfen, sagten, ich solle in den Buchhandlungen in der Stadt nachfragen." Tina bleibt mitten auf den Treppenstufen stehen, sieht Helen forschend an. „Du warst in einer Buchhandlung", fragt sie vorsichtig.

„Du kennst doch diese Bahnhofsbuchhandlung, hier in der Halle. Eigentlich ist es inzwischen eher ein Zeitschriftenladen, natürlich sehr groß. Aber Bücher haben sie nur ganz wenige. Auch nur die aktuelle Liste des Spiegels und die Bestseller." Helen spricht schnell, abrupt, schaut überall hin, nur nicht zu Tina.

„Ich finde es gut", sagt Tina und dann hängt sie sich spontan bei Helen ein, drückt ihren Arm. „Richtig gut."

„Ich auch", antwortet Helen. „Obwohl ich schreckliche Angst habe, glaube ich jedenfalls."

„Ich bin ja dabei. Zusammen ist man weniger allein", sagt Tina.

„Das ist der Titel eines Buches", antwortet Helen.

Tina drückt erneut ihren Arm. „Jetzt wird alles gut", antwortet sie und Helen sieht überrascht, wie ihre Freundin mit den Tränen kämpft.

„Alles in Ordnung", fragt sie, als sie die Rampe zur Bahnhofshalle hochgehen.

„Völlig. Hey, schau mal, sie haben hier renoviert", Tina bleibt mitten in der Halle stehen, schaut sich um. Ihre Stimme ist betont forsch, und Helen geht darauf ein. „Sie haben versucht, den alten Zustand wieder herzustellen", erklärt sie.

„Ist ihnen gelungen. Und jetzt bräuchte ich dringend einen Kaffee und etwas zu essen."

„Auf der Fahrt hierhin habe ich gesehen, dass es unser altes Frühstückscafé immer noch gibt. Vielleicht sollten wir dorthin gehen", schlägt Helen vor.

Sie gehen über den Vorplatz, dann durch das ehemalige Bankenviertel, bis zu dem Café, bestellen sich, wie vor über zwanzig Jahren, einen Milchkaffee und Eibrötchen mit Fleischsalat.

„Hast du gesehen, wie uns die Bedienung gemustert hat", grinst Tina.

„Dachte bestimmt, wir seien schwanger."

„Das dachten sie damals auch schon. Haben sie aber auch umsonst gedacht, bin es ja nie geworden", sagt Helen bricht ab, schweigt. ‚Noch so eine Wunde', denkt sie. ‚Bernt wollte keine Kinder'.

„Und nun erzähle", sagt Tina in ihre Gedanken hinein.

„Was soll ich erzählen", fragt Helen.

„Alles", sagt Tina. „Rede es dir endlich von der Seele. Anschließend gehen wir dann in die Buchhandlungen, bis wir dein Buch gefunden haben."

„Es ist nicht mein Buch. Ich kenne es gar nicht. Ich weiß nur, dass ein Konrad vorkommt."

Tina antwortet nicht, sieht Helen stumm an, spielt mit dem Kaffeelöffel, wartet.

„Bernt ist seit zwei Jahren tot", sagt Helen langsam. „Am Dienstag war sein Todestag. Eigentlich müsste es ein Montag sein. Aber letztes Jahr war ja ein Schaltjahr und deshalb fiel sein Todestag in diesem Jahr auf letzten Dienstag." Sie merkt, dass sie sich verliert, bricht ab, fängt nochmals an.

„Ich bin zu seinem Grab gefahren und der erste Mensch, den ich antraf, war seine Mutter. Sie hat sich nicht verändert. Selbst die Kleidung war die gleiche. Schwarze Persianerjacke, schwarze Stoffhose, Handschuhe und flache Schuhe".

Tina schweigt noch immer, wartet.

„Sie hat sich nicht verändert", wiederholt Helen. „Es kamen sofort die Anklagen und Vorwürfe und Beschuldigungen, wie vor zwei Jahren bei der

Beerdigung. Ich sei schuld an Bernts Tod. Wäre ich zuhause geblieben, anstatt mit meinen Freundinnen ins Kino zu gehen, müsste sie nicht auf diesem verfluchten Friedhof stehen. Das ist übrigens der O-Ton von ihr. Sie redete sich förmlich in Rage, so, als hätte sie ihre Wut und ihren Hass auf mich die letzten vierundzwanzig Monate für diese Begegnung aufgespart."

„Sie war schon immer eine zornige und unbeherrschte Frau", sagt Tina.

„Ich weiß, so war sie auch an jenem Samstag", antwortet Helen und sieht sich wieder von dem Kinobesuch nach Hause kommen. ‚Da hat es geregnet', denkt sie. ‚Und das Blaulicht des Rettungswagens spiegelte sich in der Pfütze'. Überrascht hatte sie sich umgeschaut und sich gefragt, ob der alte Herr Zuber im Haus nebenan einen Schwächeanfall erlitten hatte. Dass es um Bernt ging, wurde ihr erst klar, als sie die Wohnungstür aufschließen wollte und diese im selben Augenblick aufgerissen wurde und Bernts bester Freund Alexander mit verheulten Augen vor ihr stand.

„Bernt", hatte sie gefragt.

„Zu spät", hatte Alexander gesagt und sie in die Wohnung gezogen.

Die Bedienung bringt den Kaffee und die Eibrötchen mit dem Fleischsalat, und Helen trinkt hastig einen Schluck Kaffee. Zu spät merkt sie, dass er heiß ist.

‚Zu spät‘, denkt sie. ‚Immer ist alles zu spät‘.

Alexander, der mit Bernt verabredet war, verspätete sich, weil er auf der Rückfahrt von Frankfurt in einen Stau geraten war und kam erst um halb neun, statt gegen acht Uhr an.

Der Hausmeister, Herr Herrlein, der den Ersatzschlüssel von ihrer Wohnung hatte, kam zu spät vom Fußballspiel nach Hause und Alexander, der seit einer halben Stunde versuchte, Bernt zu erreichen, musste all seine Überredungskünste aufbieten, um Herrn Herrlein zu überzeugen, dass es sich hier nur um einen Notfall, in dem es um Tod und Leben ginge, handeln könne, da sein bester Freund Bernt Meier – Bernt mit t am Ende – noch nie in all den Jahren eine Verabredung abgesagt hätte und erst recht immer erreichbar gewesen sei. Gemeinsam waren sie zu Bernt und Helens Wohnung im oberen Stock, direkt neben dem Speicher gegangen. In der leeren Wohnung brannte Licht, ein Glas mit einem Rest Rotwein stand auf dem Glastisch im Wohnzimmer. Bernts ausgeschaltetes Handy und sein offener Terminplaner lagen daneben. Alexander sah, dass jemand, war es Bernt, alle Termine durchgestrichen hatte.

‚Hier stimmt was nicht. Ich habe es Ihnen doch gesagt', hatte Alexander gesagt und war durch die ganze Wohnung gerast. Zum Schluss waren beide auf den Speicher gegangen, weil es Herrn Herrlein komisch vorkam, dass die Tür nur angelehnt war. Er hatte Licht gemacht und um die Ecke geschaut und Bernt sofort gesehen.

‚Ich bin froh, dass dir sein Anblick erspart geblieben ist', hatte Alexander Helen bei der Beerdigungsfeier gesagt. ‚So behältst du ihn für immer im Gedächtnis, wie er war. Ich werde diesen Tag nie vergessen. Nie, niemals.'

‚Ich auch nicht', hatte Helen geantwortet. ‚Ich auch nicht', wiederholt sie jetzt stumm. Wieder liegt sie neben Bernt im Bett und hört die Krähenvögel krächzen. Wieder steigt sie zu ihm ins Auto und fährt mit ihm, wie jeden Samstagvormittag, in die Stadt.

Bernt hatte so wie immer gewirkt und hatte, wie immer, bei Rosenkranz eine heiße Rostbratwurst mit scharfem Senf gegessen und wie immer darüber geklagt, dass es die alte Markthalle mit ihren Ständen nicht mehr gäbe.

Sie hatte kaum hingehört, jeden Samstag klagte Bernt darüber. ‚Ich möchte noch in die Buchhandlung und vorher noch zu Hussel, mir ist so nach Schokolade und Weingummi‘, hatte er, als er sich die Finger vom Fett und Senf gereinigt hatte, gesagt.

Der Besuch der Buchhandlung gehörte zu ihrem Samstagvormittag-Ritus. Der Wunsch nach Schokolade und Weingummi war neu. Später würde sie sich daran erinnern, dass Bernt lange vor den Regalen gestanden und überlegt hatte, während er in der Buchhandlung fast hektisch wirkte. Dort war er zielstrebig zu den Regalen gegangen, hatte James Joyce ‚Ulysses‘, Siegfried Lenz‘ ‚Deutschstunde‘ und Alexander Solschenizyns ‚Ein Tag im Leben des Iwan Denissowitsch‘ herausgenommen und war zur Kasse gegangen.

‚Brauchst du noch lange‘, hatte er sie gefragt und als sie verneinte und ohne ein Buch zu kaufen, etwas, das in den letzten zwanzig Jahren höchstens ein oder zwei Mal vorgekommen war, zum Ausgang ging, hatte er sie überholt und draußen ungeduldig auf sie gewartet.

Zuhause hatte er die Süßigkeiten mit der Bemerkung, ‚die esse ich später, bevor Alexander kommt' in den Vorratsschrank gelegt und die Bücher in die Regale einsortiert.

,Bernt', hatte sie überrascht gefragt und ihn irritiert angesehen.

,Warum jedes Buch auf den Stapel legen, wenn sie im Regal doch genauso gut aufgehoben sind', hatte er nur geantwortet. ,Sie fehlten in der Sammlung, jetzt ist alles vollkommen und fertig', hatte er hinzugefügt und nach der Zeitung gegriffen und sich die nächsten Stunden dahinter verschanzt.

Um sechs war sie zu ihren Freundinnen Mona und Stephanie gefahren, die in der Nachbarstadt lebten, und war mit ihnen in das Programmkino am Hafen gegangen.

Bernt hatte noch immer mit der Zeitung da gesessen, hatte ihren Kuss nur flüchtig erwidert und sich sofort wieder auf einen Artikel konzentriert.

,Bis später', hatte sie noch gesagt und keine Antwort bekommen. ,Dann lass es doch sein', hatte sie gedacht und erbost ihr Handy ausgeschaltet.

Der Film hielt nicht das, was er versprochen hatte und Mona, die schnell genervt war, hatte sich rigoros geweigert, noch im angesagten Restaurant essen zu gehen.

Es war kurz neun, als sie in die Sackgasse einbog und den Rettungswagen und das Blaulicht sah.

Der Rest des Abends war wie ein verwischtes Bild.

Sie erinnerte sich, dass plötzlich die Kriminalpolizei da war, und dass ihr Fragen gestellt wurden. Fragen nach den letzten Stunden, Fragen über Bernt. Und sie hatte mit den Schultern gezuckt, den Kopf geschüttelt. Nein, sie hatten keine Probleme, jedenfalls nicht mehr als andere; und finanzielle Sorgen hatten sie erst recht nicht. Und sie beide waren kerngesund, hatten erst Anfang des Jahres den großen Gesundheitscheck beim Hausarzt gemacht.

Als sie nichts mehr sagen konnte, war sie in die Küche gegangen, hatte nach den Süßigkeiten von Hussel gesucht und zum Schluss die leeren Tüten im Müll gefunden und hatte der Beamtin die Bücher gezeigt und die Rechnung darüber.

Und dann hatte plötzlich ihre Schwiegermutter in der Tür gestanden und erst geschrien und dann eine Szene gemacht und behauptet, dass sie, Helen, Schuld an Bernts Tod hätte. Der Notarzt hatte ihrer Schwiegermutter eine Beruhigungsspritze geben müssen. Sie, Helen, hatte dabei und danebengestanden und hatte wie eine Marionette funktioniert. Hatte geantwortet, wenn ihr Fragen gestellt wurden und das Glas Wasser getrunken und später den Whisky, den ihr Alexander fürsorglich aufgedrängt hatte.

Das Gefühl eine Marionette zu sein, hatte auch in den nächsten Wochen und Monaten angehalten. Egal, was von ihr verlangt und gefordert wurde, sie tat es.

Ihre Schwiegermutter verlangte die Bücher, die Bernt mit in die Ehe gebracht hatte und auch die, die er sich gekauft hatte. Helen hatte mehrere Kartons gepackt und sie von einem Umzugsunternehmen abholen lassen. Die Bücher von Edgar Allan Poe hatte ihre Schwiegermutter noch vor der Beerdigung mitgenommen. ‚Ich habe sie ihm alle geschenkt. Sie gehören jetzt wieder mir‘, hatte sie herausfordernd gesagt, während Helen nur genickt hatte und in die Abstellkammer gegangen war, um zwei stabile Leinentaschen zu holen.

Am Ende des Sommers hatte sie sich aufgerafft und gekündigt, am Ende des Jahres war sie aus der alten Wohnung aus- und in die Kleinstadt gezogen, die auf der Höhe lag und in der sie nichts an Bernt erinnerte.

‚Und nun sitze ich hier neben Tina und wir essen wie früher Eibrötchen mit Fleischsalat‘, denkt Helen. „Manchmal“, sagt sie laut. „Manchmal wünschte ich, ich könnte die Zeit zurückdrehen, damit ich andere Entscheidungen treffen kann.“

„Welche“, fragt Tina, die geduldig gewartet hat.

„Bernt nicht zu heiraten und stattdessen einen roten Kater namens Konrad ein Zuhause bei mir zu geben“, antwortet Helen und ist selbst über sich überrascht. An einen roten Kater hat sie bis jetzt nicht gedacht. „Irritiert“, fragt sie.

„Kein bisschen“, sagt Tina. „Ich hatte immer den Eindruck, dass ihr nicht zusammenpasst, jedenfalls nicht gut. Allenfalls mittelprächtig.“

„Ich weiß, aber Bernt mochte Bücher“, antwortet Helen.

„Reicht das aus“, fragt Tina.

„ Nein. Eine Sache reicht nie aus, selbst wenn es Bücher sind“, sagt Helen. „Heute weiß ich das, damals nicht.“

„Warum hast du mit dem Lesen aufgehört“, fragt Tina und kommt zu der Frage, die sie seit zwei Jahren stellen will. ‚Helen ohne Bücher, ist wie ein Butterbrot ohne Butter, ein Schaumbad ohne Schaum', hatte sie einmal zu ihrem Mann Uwe gesagt. ‚Es bricht mir das Herz, wenn ich Helen so sehe, sie wirkt so allein und einsam. Es tut ihr nicht gut, ohne Bücher zu sein.'

„Ich hatte immer diese Szene in der Buchhandlung vor Augen', sagt Helen langsam. ‚Ich sah Bernt, wie er die Bücher fast aus dem Regal riss und ich hatte das Gefühl, ich würde diese Situation wieder und wieder erleben müssen, wenn ich eine Buchhandlung betrete."

„Und wie ist es jetzt", fragt Tina.

„Ich weiß es nicht. Aber ich weiß seit heute Morgen, dass die Krähenvögel keine Schuld haben. Sie waren nicht auf dem Dach gelandet, sondern flogen irgendwo am Himmel. Und nun möchte ich wieder, wie eben im Bahnhof, ein unbekanntes Buch in der Hand halten, die fünfzehnte Seite aufschlagen und bis zur siebten Zeile lesen. Ich möchte das Umblättern der Seiten hören, an ihm riechen und dieses große Glück in mir fühlen, wenn ich es nach Hause trage. Und ich möchte wissen, wer Konrad ist."

Wir stellen uns vor:

Anja Brand

Geboren 1961 in Hohenlimburg. Unterm Schlossberg entdeckte sie recht früh ihre Freude am Schreiben, schloss sich aber erst 2010 der Autorengruppe LITERA an.

„Schreiben ist für mich wichtig, da kann ich meine Gedanken fliegen

Beate Kranz

Geboren 1964 in Herne/Westfalen, lebt seit 1989 aus Überzeugung in Breckerfeld.

Bereits als Kind schrieb sie erste Geschichten und Gedichte.

Seit 1997 gehört sie zur Autorengruppe LITERA.

„Schreiben ist für mich eine Möglichkeit Fantasie und Kreativität auszuleben und Dingen und Situationen in eine andere Sichtweise zu setzen."

Brigitte Krause

Geboren 1946 in Dortmund, lebt seit 1976 in Hohenlimburg.

Sie ist seit 1997 Mitglied der Autorengruppe LITERA.

„Ich schreibe gerne Märchen und Fabeln für Kinder."

Nuri Ortak

Geboren 1971 in Hagen, schreibt seit fast 25 Jahren Texte
aller Art. Er ist besonders an den Höhen und Tiefen der
deutschen Sprache interessiert und hofft, dass dies auf
Gegenseitigkeit beruht.

Literatur sollte nutzen und erfreuen - keine ganz neue, aber
eine gültige Erkenntnis.

Frank Siebel

Geboren 1965 in Siegen, kam 1998 über Kurse zum ‚kreativen Schreiben' an der VHS Hagen zur Autorengruppe LITERA.

Frank Siebel sieht Schreiben als „Spielplatz der Fantasie".

Carsten Wunn

Geboren 1967 in Meerbusch Büderich.

Schreibt Satiren überwiegend aus dem Pelztiermilieu. Sein Roman „Kniesel und ich" wurde 2008 beim S. Fischer-Verlag veröffentlicht. Seit Sommer 2010 ist er Mitglied der Autorenguppe LITERA.

Titelbild: Sonja Opfermann

Geboren 1972 in Hagen. Ihre fotografischen Arbeiten spiegeln die Schönheit und Einzigartigkeit der alltäglichen Umgebung wieder. Sie laden zum Staunen über das Besondere im Vertrauten ein.

Seit 2007 arbeitet Sonja Opfermann regelmäßig mit der Autorengruppe LITERA an verschiedenen Projekten.